大偵探
福爾摩斯
——智救李大猩——

SHERLOCK HOLMES

❧ 序 ❧

　　這是本系列的首部短篇集，共收錄了三個故事，全部都並非出自柯南·道爾的原著，只是我借題發揮，利用福爾摩斯和華生這兩個人物，再加以一些科學原理，創作出來的小故事而已。

　　這些故事，都曾經在香港最暢銷的科普月刊《兒童的科學》中連載過，也很受歡迎。不過，由於受到雜誌連載的篇幅限制，有些寫好了的情節也被迫割愛，無法原汁原味地刊出。這次結集成書，沒有這個限制了，當然原文照錄，足本刊登。值得一提的是，其中一個故事的結局更突然峰迴路轉，朝意想不到的方向發展，想必會令在雜誌上看過的讀者大吃一驚。

　　情節多了，我不可能放過我的好搭檔余遠鍠老師，在我的威逼利誘下（請他吃了一餐意大利粉），他也繪畫了很多新的插圖，讓全書更豐富多彩！

厲河

余遠鍠

大偵探福爾摩斯

智救李大猩

登場人物介紹

福爾摩斯

居於倫敦貝格街221號B。精於觀察分析，知識豐富，曾習拳術，又懂得拉小提琴，是倫敦最著名的私家偵探。

華生

曾是軍醫，為人善良又樂於助人，是福爾摩斯查案的最佳拍檔。

小兔子

扒手出身，少年偵探隊的隊長，最愛多管閒事，是福爾摩斯的好幫手。

M博士

專門針對福爾摩斯的神秘智能犯。

李大猩 & 狐格森

蘇格蘭場的孖寶警探，愛出風頭，但查案手法笨拙，常要福爾摩斯出手相助。

大灰熊等六人

在公眾浴室淋浴的六個大漢，他們當中誰是兇手？

科學鬥智短篇

智破炸彈案

包裹的禮物

　　夜晚十時左右，華生拖着疲累的身體出診回來，他剛踏上大門口的梯級時，腳下一**絆**，以為踢到什麼東西了，原來是個包裹。他拿起來細看，只見包裹上寫着「敬愛的福爾摩斯先生收」。

　　「是誰放在這裏的呢？沒有**郵戳**，該不是郵局寄來的。」華生感到奇怪，可能是福爾摩斯以前幫過的人送來的禮物吧，但為什麼不直接拿進屋裏，卻放在門口呢？難道那人太過害羞，不好意思直接送給福爾摩斯？

噠 噠 噠

華生一邊猜想一邊走上了樓梯，推門進屋後，見到我們的大偵探懶洋洋地躺在沙發上看書，於是說：「有個送給你的包裹。」

「包裹？誰送來的？」福爾摩斯問。

「不知道啊，是放在門口的。」

福爾摩斯接過包裹，仔細地檢驗了一下，然後才小心翼翼地把它拆開。這是我們大偵探的習慣，因為他曾經收過暗藏機關的包裹，幾乎被射出來的毒針殺死。

「啊？有一條頸巾呢，跟我常用的格子花紋差不多，不過顏色卻不一樣，看來是熟悉我品味的人送來的呢。」福爾摩斯從郵包中掏出了一條紅格子頸巾，喜滋滋地說。

華生也好奇地湊過來，用手觸摸了一下頸巾，有點妒忌地說：「好柔軟的質料，是用中國高級蠶絲織成的。你真幸福，常收到很好的禮物。」

「別酸溜溜了，下次如有人送吃的東西來，就給你這隻饞貓吃吧。這條頸巾我要定了，你可不要打主意啊。」福爾摩斯說着，連忙把頸巾圍到自己的脖子上，生怕華生搶走似的。

「哼！誰稀罕你的頸巾。」華生沒好氣地說。

「唔？盒子裏還有一封信呢。」福爾摩斯說着，從盒中掏出那封信，並用開信刀輕輕地割開封口，這也是他慣常的做法，因為如果來信者在封口暗藏一塊刀片，而自己又用手指撕開信封的話，就很容易被刀片割傷了。

他掏出信函一看，看得眼睛也瞪大了：「糟糕，小兔子被人綁架了！」

「什麼？」華生赫然一驚，連忙搶過信件細閱。

糟糕，小兔子被人綁架了！

什麼？

信裏這樣寫道……

福爾摩斯先生：

久仰大名了。

你看到此信，相信已知我是誰吧？有關英倫銀行那一單買賣，你令我損失兩個助手，又破壞了我的生意*，為了還禮，我已邀得你的跑腿小兔子結伴一遊（雖然他看來並不情願）。

如果你想與他一起欣賞美麗的日出景色，請於明早六時，到市郊紅森林中的空地等候指示，那兒有一輛破馬車，很易找到的。請勿遲到啊。記住，你必須戴上那條紅頸巾應約，否則後悔莫及。

神秘人 字

「啊！怎麼辦？」華生看完信後說。

「還用說，當然是馬上出發啦！從這裏去市郊**紅森林**，馬車也要走一整夜啊。」福爾摩斯摸摸脖子上的紅格子頸巾，似有所悟地道。

*詳情請閱《大偵探福爾摩斯⑧驚天大劫案》。

炸彈在哪裏

福爾摩斯兩人乘馬車趕到紅森林時，已天亮了。他們在大路下了車，然後急步穿過叢林，走到信中指定的空地。不遲不早，剛好是清晨**六時正**。看來，那神秘人已一早算好了路程所需的時間。

那裏果然有一輛破爛不堪的二輪馬車，像一個衰老不堪的老人般，橫躺在**冷清清**的空地上。

「啊！那不是小兔子嗎？」華生指着前方說。

只見華生指向的遠處有一株**光禿禿**的樹，小兔子被綁在樹幹下方，他的嘴巴被一塊布塞住，不能說話，也動彈不得。

11

空地的兩旁都是茂密的樹林，那株樹的後方是一望無際的<u>**地平線**</u>，一直延伸至正從東方升起的<u>**太陽**</u>。

　　「我們馬上去救人吧！」華生衝動地說。

　　「不可輕舉妄動！看清楚周圍環境再說。」福爾摩斯連忙制止。他往四周看了看，只見太陽正徐徐升起，樹林一片寧靜，看不出有什麼異樣。不過，他的視線突然停在那輛破馬車上。

　　啊！車上不是釘着一張**字條**嗎？

福爾摩斯一手撕下那張字條，小心細看。

字條上這樣寫着：

　　　　　附近埋了一個炸彈，輕舉妄動的話，當心被炸成肉醬啊。不過，我做事一向光明磊落（哈哈哈，你可能不同意），當然會給你一個機會救人。只要你有足夠智慧，當可在和煦的晨光下化解危機。

　　　　　那炸彈就埋在距離紅線50呎遠的草地下，不多一呎，也不少一呎。我們的大偵探啊！小心找找看吧，小兔子的命運就在你手上啊！

　　　　　不過我得給你一個溫馨提示，你只有十分鐘，如在限時內仍未找到炸彈，就會……轟……的一聲，什麼也化為烏有了！哈哈哈哈！

神秘人 字

「豈有此理！這個神秘人簡直恬不知恥，竟然自稱光明磊落！」華生氣得七孔生煙。

「不要動氣，這個時候最緊要冷靜。我已猜

到神秘人是誰，他只是想挑戰我，只要能破解他出的**難題**，就可救小兔子一命。」福爾摩斯沉着地說。

「難題？什麼難題？」

「難題就是——找出距此紅線**500R**遠的正確位置！」福爾摩斯已發現紅線就在破馬車前面。

「我們沒有帶皮尺來，很難量度出正確的位置啊！」

「就算有尺，也不一定能破解難題。」

「為什麼？」華生問。

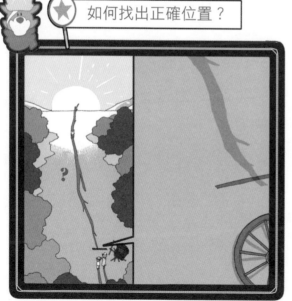

如何找出正確位置？

「因為字條沒有說明量度的路線，只要角度稍有偏差，從紅線量度到 50 呎的地點時，也會遠離炸彈埋藏的位置。」

「哎呀！那怎麼辦？那傢伙好狡猾，竟故意不說出這麼重要的線索。」華生氣憤地說。

「不！」福爾摩斯一口否定，「我很清楚他的性格，他是個智能犯，最喜歡與人鬥智。他肯定早已提供了線索，只是我們仍未想通而已。」

福爾摩斯摸一摸自己頸上的紅頸巾，又向四周環視了一下，只見金黃色的太陽正緩緩升起，把四周的景物映照出一條條長長的影子，破馬車則被一陣風吹得搖搖擺擺，發出「咯嗤咯嗤」的聲音。

這時，福爾摩斯的腦海裏迅速整理出破解難題的線索。

① 頸巾：神秘人要自己戴上紅頸巾，必有用意。

② 時間：為何是清晨六時？而不是五時或七時？箇中必有奧妙。

③ 太陽：信和字條中提過幾次與太陽有關的事，原因何在？

④ 破馬車：空地上只有一輛破馬車，有何作用？

「啊！我明白了！」福爾摩斯大叫。

華生給嚇了一跳，問：「明白了？明白了什麼？」

「先別問那麼多，你馬上拆下破馬車上的**輪子**，快！」福爾摩斯說着，迅速脫下**紅頸巾**檢查，他翻到頸巾後面細看時，突然眼前一亮。

華生雖然摸不着頭腦，但知道情勢危急，也不敢問那麼多，手快腳快地把破馬車上的一個輪子拆了下來。

福爾摩斯用紅格子頸巾沿着輪子邊緣打了個**圈**，竟然恰好圈了一周，不多也不少。接着，

他在馬車的木板上拔下一顆**釘子**，然後把它釘到輪子的邊上，但釘子還未完全陷進輪子裏，他就停手了。釘頭大約露出了四分一吋。

「你在幹什麼?」華生忍不住問。

「待會再解釋,救人要緊!」福爾摩斯急匆匆地說,「我現在朝小兔子的方向滾動輪子,你跟着來。快!」

說着,福爾摩斯以紅線為起點,滾動着輪子往前走。輪子滾動一圈後,凸出的釘頭碰到地面就會使輪子顛動一下,就這樣,他不斷地滾動輪子。

此外，福爾摩斯滾動輪子時的路線時曲時

直，並不成一直線。

　　輪子大約滾動了十多個圈左右吧，福爾摩斯突然大叫：「**停！**」華生抬頭一看，他們已來到距離小兔子五六呎之遙的位置。

　　福爾摩斯掏出**小刀**蹲下，二話不說就往草地挖下去。

　　只不過挖了幾下，福爾摩斯已興奮地叫道：「華生，你看！」

　　「啊！」華生朝挖開了的泥洞看去，只見一個**時鐘**似的東西靜靜地躺在洞中，時針和分針

正分別指着 **6時9分**。福爾摩斯心中一邊數着時鐘的滴答聲，一邊小心翼翼地把它挖出，然後大叫：「還有**5秒**！」說着，已奮力地把「時鐘」擲去遠處的樹林。

那「時鐘」在地上滾了幾下，然後「**轟！**」的一聲炸得塵煙四起，那「時鐘」原來是個計時炸彈！

妙法解難題

　　華生為小兔子鬆綁後，太陽
已升高了許多，四周景物的影子
也縮短了不少。

　　「福爾摩斯先生，你好厲害啊，
那麼快就找到了炸彈埋藏的位
置！」小兔子吐出塞在嘴裏
的布塊，興奮地說。

　　華生也鬆了一口氣，他
回過神來後，就向福爾摩斯
問道：「我仍不明白你找
出炸彈的方法，當中的奧
妙究竟在什麼地方？」

「嘿嘿嘿，方法其實很簡單。」福爾摩斯翻開頸巾說，「頸巾後面釘着的牌子，標明了頸巾的產地、質料和長度。」

「長度？」華生眼前一亮。

「對，那神秘人送這條頸巾給我，其實是讓我把頸巾當作一把尺，用來量度出 50 呎的距離。」

「但你並沒有用頸巾來量度地面的距離呀。」華生並不明白。

「因為我要量度的路線時曲時直，用頸巾來量很易出錯，也沒有效率。」福爾摩斯說。

「於是，你就用頸巾來量輪子……」華生

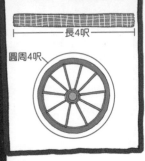

長4呎

圓周4呎

說到這裏才恍然大悟，「啊！我明白了。你是用頸巾來量度出輪子的圓周，然後用圓周的長度來量度出50呎的距離。」

「你猜中了。」福爾摩斯笑道，「那條頸巾長4呎，量出輪子的圓周也正好4呎，輪子每滾動一圈，就等於往前滾動了4呎，只要滾動12次半，不就是50呎嗎？」

「不過，我仍有不明白的地方。」華生問，「我沒看見你在數輪子滾動的次數呀，你是用什麼方法計出來的？」

「很簡單，我在輪子上釘了一顆露出四分一吋釘頭的釘子，由於釘頭凸起，每碰到地面

它就會顛動一下，只要心中數着顛動的次數，就能算出它滾動了多少個圈。」

福爾摩斯道出箇中奧妙，「當然，滾動時要踢走地上的石頭。不過，幸好在滾動的路線上並沒有石頭。此外，在開始滾動時，得預先把釘頭置於半圈的位置上先滾動一次，然後再滾動 12 次，就剛好 50 呎了。」

參考算式：
4 呎 x 12.5 圈 = 50 呎

「原來如此，好屬害的方法啊。不過，你滾動輪子時那又曲又直的路線又是怎樣算出來的呢？」華生問。

「哈哈哈！那路線不是算出來的，是看出來的。」

「看出來的？怎樣看？」華生和小兔子不約而同地問。

福爾摩斯指着地上的樹影說：「其實，

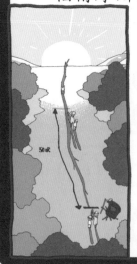

這株樹的樹影，就是輪子滾動的路線。因為，神秘人要我們清晨六時到來，又三番四次提及太陽，其實那些都是提示。清晨六時的一刻，太陽正好照出一條曲曲直直、又長又瘦的

樹影直達紅線起點。如果我們遲了，太陽升得太高，就會好像現在這樣，樹影已縮得短短的，我們就無法看到量度的路線了。」

「啊，我明白了！你滾動輪子的路線有時曲有時直，是因為樹影有些地方也是彎曲的，對嗎？」華生問。

「對，這株樹的頂部彎彎曲曲，樹影當然也不成一直線了。量度這種有彎位的長度，用皮尺也不方便，但用輪子滾動的方法來量度，就事半功倍了。」福爾摩斯說。

「嘩！福爾摩斯先生好厲害啊！」小兔子已忘記被擄的恐懼，跳起來誇張地說。

「**哈哈哈哈！**福爾摩斯！你果然**名不虛傳**，在十分鐘內就破解了我的難題。」突然，樹林裏傳來了一陣響亮的說話聲。

華生和小兔子被嚇了一跳，連忙往樹林看去，但又不見有人。

「過獎了！」福爾摩斯似乎早料到有人監視似的，從容地高聲回應。

「不過，下次你未必這麼好運氣啊，等着瞧吧！」那人**聲如洪鐘**，霸氣十足。

「我會等的！即管放馬過來吧！多謝你這條頸巾了，我不客氣收下啦！哈哈哈哈！」福爾摩斯舉起了那條紅格子頸巾，不甘示弱地朗聲笑道。

那笑聲就像一道向罪惡**宣戰**的強力反擊，響徹雲霄！

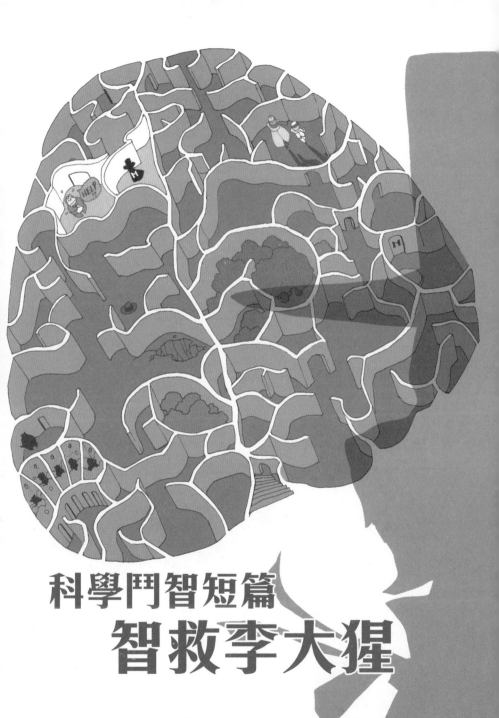

科學鬥智短篇
智救李大猩

M博士

　　勇破炸彈擄人案後，福爾摩斯和華生都鬆一口氣，又來到離家不遠的露天茶座喝下午茶。

　　「上次擄走小兔子的那個**神秘人**，其實是什麼人來的？」華生問。

福爾摩斯喝了一口紅茶道：「沒有人知道他的真實姓名，黑道中人都叫他做 **M博士**。」

「M博士？」華生從未聽過這個名字。

「對，幾個月前那一宗 **英倫皇家銀行大劫案***，據說幕後黑手就是他。」

「原來被捕的那幫劫匪背後還有個M博士嗎？」

福爾摩斯放下手上的茶杯道：「那幫劫匪只是執行者，沒有M博士提供銀行保險庫的情報和策劃整個行動，他們也幹不出這種大案。」

「原來如此。」

「我們令他見財化水，他必定會懷恨在心，再次向我們報復。」福爾摩斯說。

*故事背景可參閱
《大偵探福爾摩斯⑧驚天大劫案》。

這時，一個侍應生走過來向福爾摩斯說：「是一位先生請你吃的。」說着，就放下一塊芝士蛋糕。

華生盯着蛋糕，舔一舔嘴唇問：「好美味的蛋糕呢，是哪一位先生叫你送來的？」他已露出一副饞貓相。

侍應生轉身，指向茶座的另一邊，說：「是那位……啊？人呢？剛才還坐在那兒的呀。」顯然，那位先生已走了。

「沒關係，卻之不恭，我們就收下吧。」華生打發了侍應生後，向福爾摩斯說，「你一向不愛吃甜的東西，就由我來代勞吧。」

說完，華生老實不客氣地拿起叉子，自顧自地吃起來，但他只吃了一口，福爾摩斯卻一手搶過碟子，說：「且慢。」

且慢。

「喂！別那麼小器，自己不吃也不讓人家吃嗎？你上次說過，客戶送來的禮物如果是可以吃的，就給我吃的呀。」華生不滿。

「不，陌生人送來的食物，不可以隨便吃啊。何況這碟子下面還壓着**一封信**呢。」福爾摩斯說着，取出了信件細看。

「你的疑心太重了，我猜是你的顧客看見我們在喝茶，又不好意思來打擾我們，就叫侍應生把蛋糕送過來而已。那封信一定是感謝你幫忙破案的答謝信吧。你常常那樣**疑神疑鬼**，會神經衰弱啊。」華生一邊嚼着口中的蛋糕，一邊不以為然地說。

「是Ｍ博士。」福爾摩斯突然吐出一句。

「什麼？」華生聞言，「」的一聲把嘴裏的蛋糕全噴出來。說起曹操曹操就到，不會那麼巧合吧，華生連忙搶過信件細閱。

信上這樣寫道：

> 　　上次你逃過大難，是我低估了你的實力。今次可別怪我把難關升級啊！聽住，你有一位受了傷的朋友正倒在一輛火車上，如果不想像拿破崙那樣慘敗，就快去救他吧。
>
> 　　　　　　　　　　　　　神秘人字

「**一位朋友？**是誰？他沒有說明啊。」華生摸不着頭腦。

就在此時，一頂帽子從樓上飄下，正好落在他們的桌上。

福爾摩斯抬頭往上望去，茶座的樓上只有三層高，都是一般的住宅，有些窗敞開着，但並沒有異樣，一定是有人從其中一個窗戶中把帽子扔下來的。

福爾摩斯撿起帽子，總覺得有點眼熟，他忽然眼前一亮：「**是李大猩！**M博士指的是李大猩！」

「什麼？你怎知道？」華生問。

「你看，這帽子邊上有個**彈孔**。」

「啊！」華生當然不會忘記，在英倫皇家銀行大劫案中*，他們的警探朋友李大猩曾經被匪徒開槍射穿了帽子。

「我們該怎辦？」華生問。

福爾摩斯眉頭一皺，說：「對方把帽子扔下來，除了暗示被擄者的身份外，主要是想證明李大猩在他們手中。」

「對，帽子是李大猩的命根，他不會隨便借給別人。」華生說。

*故事背景可參閱《大偵探福爾摩斯⑧驚天大劫案》。

「走！馬上去找那輛火車！」福爾摩斯彈離椅子，伸手截停一輛剛好經過的馬車，並向馬車夫說：「**去滑鐵盧火車站。**」

華生見狀，也趕忙跟上。

趕赴囚禁現場

開快點!!

馬車上，華生問：「不用去找狐格森幫忙嗎？」

「不，我們的一舉一動必定已被對方監視，如果去蘇格蘭場找狐格森，會對李大猩不利。況且，信上已寫明他受了傷，可能急需我們去搶救。」福爾摩斯說。

華生想一想，覺得也有道理，要是李大猩受了重傷，延誤救治就會有**生命危險**，還是第一時間趕去現場為佳。不過，現場又在哪裏？

華生問道：「信上只說李大猩在火車上，

但你怎知道是哪一輛火車？」

「一切不已很清楚了嗎？」福爾摩斯轉過頭來盯着華生反問，「當你想起李大猩和火車時，你會聯想到哪一輛？」

華生想了一想，恍然大悟：「啊！明白了。那幫打劫英倫皇家銀行的劫匪，之前還企圖截劫一輛運送金幣的火車，幸好李大猩把他們擊退了。你指的就是那輛火車？」*

「沒錯，M博士是那種在哪裏被人打敗，就在哪裏復仇的人。他一定會選擇那輛火車來報仇。」福爾摩斯肯定地說。

華生想了一想，還有不明白的地方，於是問道：「但你怎知道那輛火車正停在滑鐵盧站？」

*故事背景可參閱《大偵探福爾摩斯⑧驚天大劫案》。

「信上已有暗示。」福爾摩斯指一指信上的「拿破崙」和「慘敗」兩個字，「合起來，不就是滑鐵盧的意思嗎？」

華生恍然大悟，拿破崙慘敗的一役發生在比利時的滑鐵盧，而倫敦也有一個著名的火車站叫滑鐵盧，M博士那句「如果不想像拿破崙那樣慘敗的話」，其實是一道謎題，暗示地點就在**滑鐵盧火車站**！

兩人趕到滑鐵盧站後，三步併作兩步地走去站長室詢問。幸好福爾摩斯人面廣，那裏有一個他認識的朋友，一問就有了答案。原來，那輛曾發生槍戰的**車廂**，已停泊在附近一段荒廢的路軌上準備維修。

兩人連忙奔往那兒，很快就找到了目標的車廂。

　　他們小心地走近，只見車廂的門緊閉着，一點動靜都沒有。

　　「怎麼辦？」華生緊張地說。

　　「救人要緊，只好**硬闖**。」福爾摩斯沒有半點猶豫。

　　於是，兩人分立於車廂門口的左右兩邊，福爾摩斯輕手輕腳地托起橫栓在門前的**門閂**，然後猛地把它向旁一扔，同一瞬間，華生奮力拉開車門。「**砰**」的一聲，門被拉開了。刺眼

的陽光從門口射進黑暗的車廂內，只見李大猩

奄奄一息地靠着一個木箱坐在地上，他用手

按着下腹，血從指縫中流出。

　　兩人跳上車廂，福爾摩斯拍一拍李大猩，

發覺他已昏迷了。華生為他檢查完傷勢後說：

「這個**傷口**好奇怪，不是槍傷，也不是一般的

刀傷。」

　　「那麼，究竟是什

麼傷口？」

　　「傷口非常整齊，

又沒有傷及內臟，看

來是用**手術刀**弄成

的。不過，他失血過

多，必須馬上切去壞

死的肌肉，然後動手術縫合傷口。」華生說。

這時，車廂外傳來了輕微的腳步聲，福爾摩斯凝神聽了一下，突然大叫：「中計！」說着，就轉身往門口衝去，但說時遲那時快，大門「砰」的一聲，已被人從外面關上了。然後「咔嚓」一聲響起，似乎已被栓上了門閂。

車廂霎時變得漆黑一片，伸手不見五指。福爾摩斯奮力撞門，但這道門很結實，怎樣撞也不動分毫。

「怎麼辦？太黑了，什麼也看不見啊。」華生有點慌了。

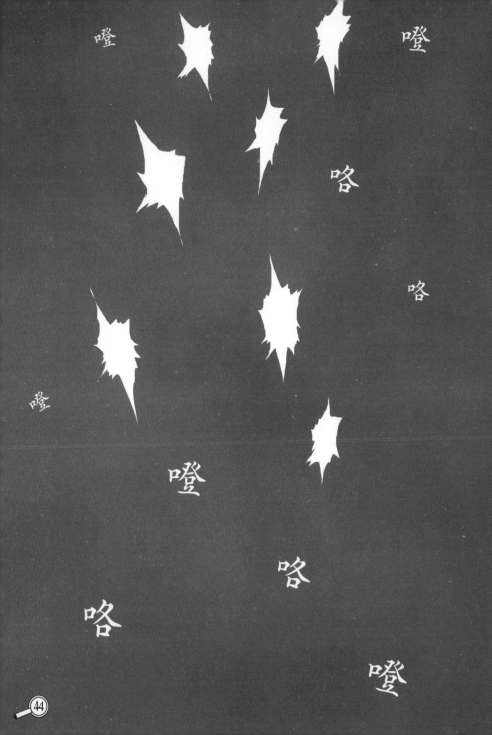

突然，車頂響起了「咯噔咯噔」的腳步聲，然後『咔嚓』一聲，車頂中間竟然開了一個拳頭大小的洞，灼眼的陽光猛然射下，在黑暗中形成一條光柱。福爾摩斯和華生連忙退到車廂一角，小心地看着洞口。

「嘿嘿嘿，福爾摩斯先生，你真大意，這麼容易就被我關起來了。」車頂上傳來了一把熟悉的聲音。當然，那就是M博士。

「李大猩必須動手術，你快放我們出

去！」福爾摩斯憤怒地說。

「這個時候還想着救那臭猩猩嗎？他曾經傷了我一個手下，現在還他一個傷口，是他罪有應得。」車頂的聲音朗聲道，「聽着，車頂的這個洞我會開着給你們透透氣。木箱中有些東西，夠你們吃幾頓。但吃完後，就只能等死了。哈哈哈哈！」

接着，車頂又響起「咯噔咯噔」的腳步聲，然後再傳來「啪沙」一下着地的聲音，一切又回復平靜了。

華生打開木箱一看，只見箱中有一桶黃泥水、一些木炭、一袋黃豆、一個空的玻璃瓶和

一個空的鐵罐。最叫華生驚喜的是，還有一套
手術用品，包括一些藥棉、紗布、消毒火酒、
手術刀和外科用的針線。

「有這些東西，我可以馬上動手術為李大猩
止血。」華生興奮地說，「快把他抬到小洞的
下方，否則看不清楚。」

「不可！」福爾摩斯馬上制止，並指着車頂
的洞說，「外面正刮着大風，附近煉煤廠的**煤
灰**都從洞口吹進來了，在洞口下面做手術，會
令李大猩受到**感染**。」

「那怎麼辦？」華生問。

福爾摩斯不假思索就說：「必須先**堵住**
洞口。」

「什麼？那是我們唯一的光源，堵住了洞口，就會黑得什麼也看不見了。」華生反對。

福爾摩斯知道，M博士是要和自己鬥智，他既然連手術用品都為華生預備好了，一定也安排好了解決的辦法。他看了看車廂四周，除了那個木箱外，什麼都沒有。於是，他把箱裏的東西全部拿出來，看看有什麼可用。

有什麼用？ 有什麼用？

有什麼用？

有什麼用？

有什麼用？

有什麼用？ 有什麼用？

突然，那個空的玻璃瓶闖入他的眼簾。

「水瓶！只要利用這個水瓶，就可以解決難題了！」福爾摩斯一手抓起水瓶興奮地大叫。

說着，他立刻把木箱移到車頂透氣口的下方，然後跳到箱上，再把水瓶塞到洞中。水瓶剛好塞住了洞口，毫無疑問，這是M博士一早預設的精心安排。福爾摩斯已破解了他的第一道難題，因為用玻璃瓶堵住洞口，

一方面可以防止煤灰吹進來，一方面還可透光！

「好聰明的方法！」華生不禁讚歎。接着，他馬上把李大猩移到水瓶下方，借助透下的光線動手術。可是，瓶內有一些水氣和水珠，光線經過它們透下來，亮度已大為減弱，難以看清傷口。

「可以令光線亮一點嗎？」華生問。

福爾摩斯聞言，看一看水瓶，心想：「M博士肯定一早料到我有此一着，他不會那麼輕易讓我過關。」

他從木箱跳下來，再看看地上的那些東西，皺起眉頭自言自語：「這些木炭、黃豆、黃泥水、鐵罐、藥棉、紗布、火酒、手術刀等等，是用來做什麼的呢？」

這個時候還問這些無聊的問題？華生沒好

氣地說：「還用問？這套手術用品，當然是用來為李大猩**施手術**的啦。那些木炭則是用來**生火**，我們只要把水和黃豆倒進鐵罐中，就可以**煮食**了。」

「他為什麼要這樣做？」福爾摩斯反問華生，其實他主要還是問自己。

「答案還不簡單嗎？M博士故意要**折磨**我們，不讓我們馬上**餓死**，所以提供食物和煮食用具，要我們飽嘗等死的滋味！」華生憤怒地說，他對M博士的卑鄙非常惱火，但對老搭檔莫名其妙的問題也越來越不耐煩了。

福爾摩斯沒有答話，心裏想：「真的這麼簡單嗎？」在危急的時候，有些人會思緒混亂，迷失方向。但我們的福爾摩斯卻相反，他只會從紛亂的現狀中找出**重點**，一舉找出破解難題

的方法。

　　現在的問題是光線不夠，有足夠的光線就能救李大猩，眼前的這些材料，能有助於增強室內的光線嗎？福爾摩斯盯着那桶黃泥水，突然說：

「水！水可以用作照明！」

水瓶燈泡的威力

「什麼？」華生以為福爾摩斯被逼得瘋了，水只可以用來喝和清洗東西，怎可以用來照明呢？

「可惜的是，這桶水太多雜質，透明度不高，用作照明也不會亮。」福爾摩斯自言自語。當然，華生還不知道福爾摩斯在說什麼。

「啊！我明白了。」福爾摩斯說完，馬上着手以下的工作。

1 他先掏出常帶在身上的小刀，在鐵罐的底部開幾個小洞。

2 將藥棉鋪在罐內最底層。

3 藥棉上鋪上幾層藥用紗布。

4 把木炭搗碎倒在紗布上。

5 再在木炭上倒上黃豆。

6 然後，再利用恐嚇信的信封摺了個紙漏斗。

7 把髒水倒進鐵罐中。

　　黃泥水經過**黃豆層**，比較大的雜質被隔除了，經過**木炭層**時，比較細小的雜質也被吸收了。然後，水流經**紗布**，又被隔除了更細微的雜質，當經過**藥棉**時，已變成清澈透明的水了。

　　清水從罐底的小孔流出，經過**紙漏斗**的引導，再流到水瓶裏，不一刻，就盛滿了一瓶。

　　與此同時，華生已用紗布和藥棉為李大猩塞住傷口，做了臨時的止血措施。

「水瓶燈泡完成了！華生，不要眨眼啊！」

福爾摩斯興奮地躍上木箱，把瓶子往車頂的洞一塞！幾乎是同一瞬間，福爾摩斯手上灑下了耀目迷人的光芒，照亮了整個車廂！

那個瓶子！那個瓶子竟然亮起來了！華生看得呆了，他看着福爾摩斯手上發亮的水瓶，完全說不出話來。

這個人，怎會在這麼危急的情況下，竟然也能想出如此奇妙的照明方法啊？這個是什麼人啊？華生激動得幾乎掉下眼淚來。

「別呆着，我要舉着瓶子，以免它掉下來，你快動手術吧！」

福爾摩斯大聲催促，華生才猛然回過神來，在「水瓶燈泡」的照明下，只花了半個小時，就為李大猩切除了壞死的肌肉，縫合了傷口。

妙計一開門閂

　　兩人鬆下一口氣後，李大猩也醒過來了，他看見福爾摩斯兩人守護在他身旁，於是有氣無力地問道：「你們怎麼來了？我剛才不是被一幫蒙面的匪徒捉了的嗎？」

　　「你被M博士那幫匪徒**綁架**了，是他引我們來的。」福爾摩斯說。

　　「M博士？他是誰？」說着，李大猩想撐起身體，馬上感到一陣**刺痛**襲來，「哎呀！好痛？我的肚皮怎麼了？」他這才發現，自己的腹部被紗布包住了。

　　「你連自己受了傷也忘記了？」華生感到奇怪。

「受傷？我被劫持到這裏後，只記得他們用一塊蘸了**哥羅芳**的毛巾捂着我的鼻子，我就昏過去了。」李大猩說。

「唔……這麼看來，你的傷口是在昏迷之後造成的。一定是M博士用手術刀剖開了你的腹部，然後來要脅我們。據傳他不但精通數理，也懂**醫術**。」福爾摩斯說。

「難怪那傷口切得那麼整齊了，竟然為一個沒有受傷的人做手術……好一個變態的傢伙！」華生感到**慄然**。

「這些事情慢慢再說吧，我們先要想辦法離開這裏。」福爾摩斯說。

「除非外面有人幫我們推開門閂，否則沒法開門出去啊。」華生擔心地說。

福爾摩斯沉思片刻，再看看車廂內餘下的

東西。

突然，那個**水桶**和尚未用完的那卷**紗布**引起了他的注意，於是向華生說道：「把那卷紗布全部拉出來，看看有多長。」

說完，福爾摩斯自己走去拿起那水桶，用力地把水桶的**把手***拆下來。

「大概只有 15 呎長吧。」華生已拉開了整卷紗布。

「15 呎嗎？不夠長呢，幸好這卷紗布夠闊，可以垂直**撕開**變成兩條，合共就有 30 呎長了。」福爾摩斯說着，就動手小心地把紗布撕開。

李大猩看着紗布被撕開，緊張地說：「喂喂喂，不要把紗布用光呀，萬一我還要**包紮**怎辦？」

 ＊註：即廣東話的「手挽」。

「沒關係，醫院多的是紗布，去醫院包紮就行了。」福爾摩斯說得輕鬆。

「你說什麼呀？如果可以隨便去醫院，我們就不用呆在這裏啦。」

「馬上就能出去了，所以才借這些紗布一用。」

華生覺得奇怪，難道紗布也能打開門閂？不過，他知道老搭檔總有出人意表的方法解決問題，也就不好多問了。

只見福爾摩斯把紗布的一頭綁在水桶把手上，他看了一看車頂的透氣口，再沿車頂往下望向緊閉的車門，然後想了一想，最後連自己的頸巾也脫下來，把它綁在紗布另一頭的末端上。

「好了，開門的時間到了。」福爾摩

斯狄點地向一臉茫然的華生和李大猩瞥了一眼，然後躍上木箱，通過透氣口，把把手和紗布塞到車頂外面。

「啊！我明白了。」華生恍然大悟似的叫道。

「明白？明白什麼啊？」李大猩仍然摸不着頭腦。

這時，只見福爾摩斯右手已緊握着頸巾的末端，左手則通過透氣口伸出車頂外，他閉上眼睛深深地吸了一口氣，突然大喝一聲：「嘶！」

喝聲未落，車門外面已傳來「叮叮噹噹」幾下清脆的響聲，顯然，那個繫着紗布的把手已掛在車門下方附近。

這時，頭腦不太靈活的李大猩也猜到福爾

摩斯想幹什麼了——福爾摩斯是想利用把手拉開栓在外面的**門閂**！

福爾摩斯豎起耳朵，輕輕地拉動繫着紗布的頸巾，門外傳來了把手與鐵門輕微的碰撞聲，突然「」一聲，把手看來已被卡住了。

華生和李大猩屏息靜氣、一臉緊張地等待着最後一刻的到來。

福爾摩斯再輕輕地拉了幾下，確認把手已卡死了，然後再使勁用力一拉，一下更清脆的「**咔嚓**」聲響起，門閂被拉開了！

華生連忙衝到門前，大力地一推！

猛烈的陽光一下子湧進車廂，車門開了！

　　紗布加上水桶的把手，這麼輕易就把門閂拉開了，這個福爾摩斯實在太厲害了，李大猩嘴裏不說，其實已佩服得**五體投地**。

　　在遠處的暗角，M博士看到了一切，他「嘿嘿嘿」地輕笑幾聲，就轉身離去了。對於他來說，福爾摩斯雖然處處與他作對，但也實在是一個好玩的**高手**。看來，他已在盤算着下一次的陰謀，與這個難得的高手再來個**大鬥法**。

　　把李大猩送進醫院後，福爾摩斯向華生解釋了製作「水瓶燈泡」的原理——濾水法和光線折射。

❶ 先把黃泥水過濾，去除雜質，增強水的透明度。

❷ 把水注進瓶中，瓶中的水氣和水珠就會消失，令瓶的透明度大增。

❸ 陽光射進凸出在車頂上的半截水瓶內。

❹ 光線通過瓶中的水，傳到下半截水瓶中，然後再折射到四周，整個車廂就亮起來了。

註：「水瓶燈泡」取材自真實應用個案。據說這種「燈泡」的亮度大約相等於55瓦特的電燈泡。只要在www.youtube.com網站搜尋欄上輸入「Solar Bottle Bulb」，還可找到短片觀看呢。

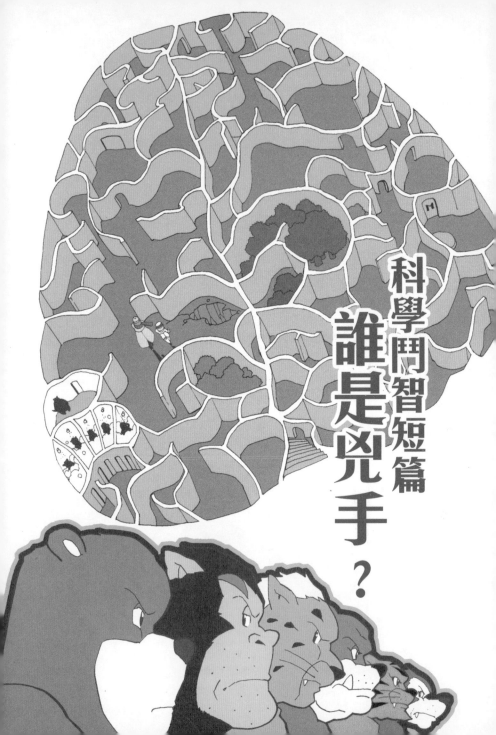

科學鬥智短篇

誰是兇手？

自行車的意外

福爾摩斯和華生在破了「自行車怪客」*一案後，兩人都愛上了騎自行車。這天，他們趁風和日麗，就各自騎着一輛自行車，跑到鄉郊地方享受郊遊之樂。

在這個一片詳和的良辰美景之下，兩人滿以為可以暫時忘記世間的罪惡，度過一個輕鬆的假期。然而，卻怎也沒料到，罪惡並不放過他們，在不遠的前面，已有一宗駭人的兇案正在靜候他們的大駕光臨！

「福爾摩斯，想不到你騎自行車這麼到家，我學了好幾天，膝蓋給磨掉了好幾層皮，才終於學會啊。」華生邊騎着車邊說。

*詳情請參考《大偵探福爾摩斯⑩自行車怪客》。

「只要不怕跌，學會踏自行車並不難啊。」福爾摩斯狡黠地一笑，「老實告訴你，『自行車怪客』那一次，還是我自出娘胎以來的第三次騎車呢。」

「什麼？只是第三次就可以騎得那麼快？」華生不敢置信。

「人急起來，潛藏的能力就會爆發出來。那次為了救人，不管懂不懂騎，也得全力飛馳，人命關天嘛。」福爾摩斯說得輕鬆，其實他的平衡力很好，學騎車很快就上手。

騎着、騎着，兩人轉到了一條筆直的**小徑**，福爾摩斯忽然靈機一觸，說：「華生，這條直路約長 100 碼，不如我們來個比賽，先到達拐彎的地方就算贏。」

華生以懷疑的目光向老搭檔**瞅**了一眼，問：「輸了有什麼懲罰？」

「哈哈哈，不必擔心，輸了只是請吃晚飯罷了。」

華生想了一想，搖搖頭說：「算了，我看過你騎車的那股**氣勢**，跟你比賽，一定會輸。想騙我一頓晚飯嗎？我才不上當呢。」

「哎呀，你怎可以這麼沒志氣呀，還沒比賽就以為自己會輸。」福爾摩斯故意誇張地**挖苦**，「這樣吧，我讓你先騎 20 碼。這樣的話，我就佔不到

什麼便宜了。」

華生心中盤算：「他讓我 20 碼的話，等於我先走了五分之一的路程，不論他怎麼快，也應該追不到我的。」

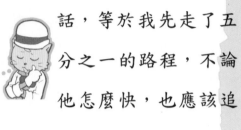

「好吧！就這樣。」華生一口答應，並把車騎到距離福爾摩斯大約 20 碼的位置停下來。

福爾摩斯舉手高呼：「行了嗎？我大聲數一二三，比賽就開始！」

「一……二……三！出發！」

大偵探話音一落，他的自行車已如箭般飛出，直往華生的方向衝去。

華生也不敢怠慢，使勁地踏下腳踏

出發！

板，拚命往 100 碼的終點踏去。

　　踏呀、踏呀、踏呀，華生只不過踏了 50 碼左右，*沙○○○○○○* *沙○○○○○○* *沙○○○○○○*一陣輪胎摩擦地面的聲音已從後殺至，華生急得慌了，馬上把全身的勁都使到雙腿上去，誓要甩開緊咬不放的福爾摩斯。可是，他太過緊張了，右腿用力過大，左腿又跟不上，突然失去平衡，直往路旁的小叢林衝去。

　　「**哇呀！**」華生慘叫一聲，就衝進叢林之中，更倒霉的是，叢林後面原來是個**斜坡**，結果連人帶車滾了下去。

　　從後趕至的福爾摩斯見狀大驚，連忙跳下自行車，往華生失足的方向跑去。福爾摩斯衝過叢林，撥開遮蓋

哇呀！

視線的樹葉一看，只見華生倒在一個**大坑**的前面，但出奇的是，他的身旁還躺着一個人！

「糟糕！難道華生摔下斜坡時，撞倒了路過的人？」福爾摩斯心中**暗叫不妙**，華生一個人受傷已叫人擔心，如果撞傷了人就更麻煩了。

「華生！怎麼了？你有沒有受傷？」福爾摩斯邊從斜坡奔下邊高聲問道。

華生勉強地用手撐起身子，這時，他才發

現身旁躺着一個人：「**哎呀！**這人是誰？怎會躺在這裏？」

福爾摩斯已奔下來，說：「這個人不是你**撞倒**的嗎？」

「沒有呀。」華生坐起來，摸一摸摔痛了的腰說，「我摔下來時沒有碰到人呀。他應該是早已躺在這裏的。」

福爾摩斯在那人的身邊蹲下來，細看之下，發覺那人臉部有一抹淡淡的**紫黑色**。他量了一量那人的呼吸：「他沒有呼吸，應該已死了。」

「啊!」華生大驚,已不顧自己的腰痛,連忙起來為那人檢查。

「已沒有脈搏,但還有**體溫**,看來是剛剛才死去的。」華生說。

福爾摩斯小心地挪起死者的頭,只見其頸上有一道紫紅色的**血痕**。

他又往屍體附近的地面看了看,發現一些帶有水跡、又雜亂無章的**鞋印**。

「他是被人用繩勒死的。他死

前掙扎得很厲害，那些雜亂的鞋印就是證明。」福爾摩斯說。

「啊……那麼是兇殺案了。」

「全靠你從斜坡上摔下來，否則不易發現這宗**兇殺案**呢。」福爾摩斯說。華生抬頭看一看斜坡上的叢林，果然，那片叢林就像一堵牆，把小徑和斜坡隔開，就算站在小徑上，也看不到斜坡下的狀況。

「我們該怎辦？」華生問。

「從死者還有體溫看來，犯人應該還未走遠。」福爾摩斯說完，往四周看了看，「不過殺人的**兇器**在哪裏呢？」

「你是指繩子嗎？」華生問。

「對，那根勒死人的**繩子**是重要證物，可能還在附近。」福爾摩斯說。

「會不會已被犯人丟進這個水坑裏？」華生指着身旁那個深約 10 呎的大水坑說，因為那是最方便的棄置地方。

「極有可能。」福爾摩斯同意。

「可惜水面反光，看不到水底下有什麼東西。」華生說。

「剛好我帶着這東西，本來是想用它在郊外做實驗的，正好用得着。」福爾摩斯從袋中掏出一塊灰黑色的透明玻璃板，他透過玻璃板往水坑下面看去。

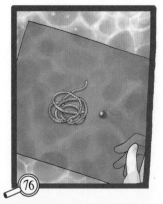

仔細地檢視了一會後，他突然興奮地說：「水底有根繩子！還有一個像餅乾大小的圓形反光物。」

「什麼？你能看到水底嗎？」華生覺得奇怪，怎麼透過那塊灰黑色的玻璃板，就能看到**水底**呢？

福爾摩斯沒有回答這個問題，反而說：「我要看看那反光的東西是什麼。」

「不怕危險嗎？這個水坑看來有10呎高，跳下去後怎樣攀上來？」華生覺得福爾摩斯有點魯莽。

福爾摩斯一邊脫外套一邊說：「不用怕，**水深及膝**罷了，不會淹死的。攀上來就更簡單了，水底不是有根**繩子**嗎？我下去後把它拋上來，你抓緊繩子把我拉上來就行了。」

說完，他又迅速把鞋襪脫下，捲起褲腳後小心地沿着筆直的坑壁向下滑。「噗咚」一聲響起，他已滑下了水坑。

果然，一如所料，水深只是及膝。福爾摩斯撿起了繩子，再撿起那反光的圓形物，原來是一個**懷錶**。

「華生！接住繩子，我要攀上來了。」說着，福爾摩斯用力一扔，繩子的一頭已被擲到坑上。華生眼明手快，伸手一抓就接住了。

福爾摩斯抓緊繩子，腳踏在**坑壁**上，一步一步地往上攀。突然，他好像發現了些什麼，於是叫道：「華生！停一停，我看到坑壁上有些**鞋印**！」

「哎呀，是不是你剛才滑下去時留下的鞋印

呀？快點上來吧，我剛才摔下時扭傷了腰，快支持不住了。」華生咬緊牙關，用力地拉住繩子，臉上露出痛苦萬分的表情。

「噢，對不起。我已看清楚了，你再拉吧。」福爾摩斯連忙說。當然，那些鞋印並不是福爾摩斯的，因為他滑下坑壁時，根本沒有穿鞋子。

很快，華生就把福爾摩斯拉上來了。

福爾摩斯細心地檢視懷錶，錶鏈和錶殼沒有鏽跡，應該是掉進水中不久。不過，懷錶可能在掉進水中時給摔壞了，時針和分針停在 8時15分 的位置上，一動不動。

「為什麼水中會有個

懷錶呢？難道是兇手丟棄繩子時順手丟掉的？但這個懷錶看來很值錢，他為何這樣做呢？」華生覺得不可思議。

福爾摩斯掏出自己的懷錶看了看：「現在是 **10時30分**，懷錶摔壞的時間是 **8時15分**，相差兩個多小時，一定不是丟棄繩子時一起丟掉的。」

這時，在福爾摩斯的腦海中，已浮現出一個 **時間表**。這個時間表，將對破案起着關鍵的作用！

他再檢視留下鞋印的坑壁，發現鞋印和腳印對上的坑邊上，各有一道被繩子磨擦過而形成的 **凹痕**。

「左邊那道凹痕是華生拉我上來時造成的，但另一道凹痕呢？」福爾摩斯心裏忖量。這時，他發現泥地有兩排鞋印一直往斜坡伸延而去，一排很明顯是他自己衝下來時留下的，但另一排是誰留下的呢？

「華生！快走！」福爾摩斯把繩子和懷錶塞進布袋中，穿回外套和鞋襪後，再抓起華生的自行車就往斜坡上面奔去。

兩人登上斜坡，再穿過叢林，又返回小徑之上。福爾摩斯把自行車還給華生，然後騎上自己的車，跟着帶有水跡的鞋印追蹤而去，華生也連忙騎車跟上。但兩人騎到小徑的拐彎處，鞋印越來越淡，最後還消失了。

「鞋印沒了，怎辦？」華生焦急地問道。

「追！兇手的鞋和褲管濕了，而且身上可

能還沾了不少**泥濘**，很容易就把他認出來。」

　　為什麼兇手會有這些特徵？福爾摩斯是怎樣猜出來的？華生不明所以。

浴室　藏兇

　　兩人走了50碼左右，來到了一個供郊遊人士紮營的露天營地，營地旁邊還有一間淋浴用的**小屋**，屋裏還傳來了淋浴發出的花灑聲。

　　「兇手很可能在那小屋中！」福爾摩斯說。

　　「為什麼？」華生問。

　　「因為他要清潔身上的泥污，這樣逃走才不會引起注意。」

　　「原來如此。」華生覺得有理。

　　福爾摩斯叫華生把守前門，他自己則往小屋繞了一個圈，確認沒有後門之後，就躡手躡腳地輕輕推開了大門。

　　「啊！」看到裏面的情景後，福爾摩斯心中暗叫不妙。

　　只見屋裏左右各有三個供人淋浴的間格，每個格子都傳來花灑的水聲，

很明顯，裏面都有人在淋浴。此外，屋的正中間有一張長長的木板凳，凳上雜亂無章地放滿了脫下的衣物，凳下則歪歪斜斜地擺滿了鞋子。

福爾摩斯走近鞋子數了數，一共有**六雙**。當中，有一雙的鞋面沾滿泥濘，而且還是濕漉漉的。他再翻了翻木板凳上的衣服，只見其中一條**紅色褲子**的褲腳濕了，有一件外套則沾了不少已乾的泥污。福爾摩斯知道，這套衣服和鞋子，正是那個兇手的東西！

沙⋯⋯沙⋯⋯沙⋯⋯

花灑聲響過不停，本來平常不過的水聲卻讓華生感到不寒而慄！

「怎樣辦？」華生低聲問道。

「還能怎辦，只好叫他們出來，然後找出當中的犯人。」

說完，福爾摩斯高聲叫道：「**我是蘇格蘭場的警察，請你們馬上停止淋浴走出來！**」

華生想不到我們的大偵探竟會有此一着——假扮警察！

格子內的人似乎都聽到了，花灑聲陸陸續續地停下來，在一片矇矓的水蒸氣之中，裏面的人也一個個赤條條地走出來了。

「啊！」華生不禁倒抽一口涼氣。

因為走出來的，個個都是體格壯健、兇神惡煞的大漢！但是，哪一個才是殺人兇手？

一個前所未見的難題攔在福爾摩斯前面，他如何是好？

其中一個**大灰熊**似的大漢「呸」地往地上吐了一口口水，道：「哼！警察又怎樣？難道洗澡也犯法嗎？」

一個**豹子頭**以不屑一顧的眼神向福爾摩斯兩人瞟了一眼，也附和道：「對，洗澡也用警察管嗎？莫名其妙！」

福爾摩斯並沒有被這六個大漢嚇倒，他臉帶微笑地踏前一步，說：「我們正在追蹤一個**殺人犯**，他可能逃到這附近，請問你們有沒有看到可疑的人呢？」

六名大漢聽到「殺人犯」三個字，似乎都

嚇了一跳，他們互相對望了一下，滿臉疑惑。

「**呸！**什麼可疑的人，難道他的額頭上會刻着『我是可疑的人』嗎？」大灰熊率先發難。

另一個長得有點像李大猩的

大猩猩語帶譏諷地說：「這位老兄，你是不是找錯地方了，我們正在洗澡，又怎會看到可疑的人經過？」

「嘿嘿嘿，兩位都說得有理。不過，你們進入這間小屋之前，又有沒有看到什麼人**慌慌張張**地走過呢？」福爾摩斯不徐不疾地問道。

「我十分鐘前來到這間

小屋洗澡，當時這裏並沒有人，也沒看到有人經過。」一個長得像**老虎狗**的大漢說。

另一個**狼形的人**也開口了，他指着老虎狗說：「我在距離20碼的地方看見他走進這間小屋，然後才走進來淋浴的。」這麼說來，他是第二個走進小屋的人。

一直默不作聲的**老虎頭**也說話了：「我是七八分鐘前進來的，進來時已聽到花灑的水聲，並不知道有多少人在這屋裏。」

福爾摩斯聽完三人的說明

後，轉向大灰熊問道：「這位

仁兄，你是什麼時候進來的？」

「**呸！**真麻煩，問這問那

的。」大灰熊不屑回答似的說，

「我也是幾分鐘前進來的，進來

時已聽到有幾個人在淋浴。」

接着，福爾摩斯以銳利的

目光射向豹子頭。

豹子頭一下子慌了，連

忙說：「我也是幾分鐘前進來

的，也聽到淋浴的花灑聲啊。」

福爾摩斯正想轉向問**大猩猩**時，那人已

施施然地回答了：「我和他們一樣，也是幾分

鐘前進來的，當時已有人在淋浴了。」

福爾摩斯沉思了一下，問：
「那麼，你們都是不認識的？」
六個大漢幾乎**異口同聲**地回答：

不認識。

「實在太巧合了，竟然六個
人都不認識……」華生暗想。
　　突然，福爾摩斯臉上浮現
出一絲**狡點**的笑容，揮揮手
道：「那麼，你們穿回衣服走吧。」

誰是凶手

於是，各人走到長凳前面，伸手就取凳上的衣服。福爾摩斯則緊盯着每個人的動作，因為誰拿起那條濕了褲腳的**紅色褲子**，誰就是疑犯。只見各人穿好內衣後，準備開始穿外衣和褲子了。

率先伸手取起問題褲子的人，是**豹子頭**！

華生心頭一顫：「原來是他！」然而，豹子頭卻迅即又丟下褲子，並自言自語地說：「不是我的。」接着，伸手拿起了另一條也是紅色的褲子。

突然，**大猩猩**指着豹子頭說：「你拿錯了，那是我的呀！」

「什麼你的！我連自己的褲子也會弄錯嗎？這是我的！」豹子頭**兇神惡煞**地吼叫。

「你剛才不是撿起了那條紅褲子嗎？很明顯，那條才是你的，而這條則是我的！」大猩猩也露出兇相喝道。

看到此情此景，各人都**面面相覷**。

大灰熊又「呸」的一聲，吐了口口水，自言自語地道：「兩個傻瓜，連自己的褲子也會弄錯，簡直笑死人。」說完，抓起自己褲子就穿上。

另外三個人聞言，不禁「**咯咯咯**」地笑起來，也各自穿好了褲子。

可是，豹子頭和大猩猩仍然**爭持不下**，各自拉着褲子的一邊不肯放手。

這時，福爾摩斯胸有成竹地笑道：「不如大家先認一認自己的**鞋子**吧。」

大猩猩馬上俯身抓起一雙鞋子，說：「這是我的。」

豹子頭一看，立即伸手去搶：「什麼？褲子弄錯了，連鞋也弄錯嗎？那是我的！」

其餘四人又再次面面相覷，可能實在太好玩了，不禁「嘩哈哈哈」地笑起來。當然，他們也不忘穿上自己的鞋子。結果，地上只留下那雙鞋面沾了泥濘的鞋子。

福爾摩斯細心觀察，大灰熊、老虎狗、狼人和老虎頭等四人穿上的衣服鞋襪都**大小吻合**，證明他們真的穿上了自己的衣物。現在，餘下的只有大猩猩和豹子頭了，他們當中必有一個是**疑犯**！

「不必爭了，坐下來試穿一下不就知道是誰的嗎？」福爾摩斯提議。

「好！我先試。」大猩猩說着，就坐在長凳上，把腳**翹起**，然後將鞋套進腳中。果然大小適中，剛剛好。

「**看！證明這雙鞋子是我的。**」大猩猩得意地說。

「到你了。」福爾摩斯向豹子頭說。

豹子頭也像大猩猩一樣，坐在長凳上，將大猩猩脫下來的鞋套進腳中。

「**啊！**」各人不禁驚叫，也是剛好合穿啊。

「他們兩人都合穿，怎麼辦？」大灰熊以挑戰的態度向福爾摩斯問道。

福爾摩斯沒有回答，只是對豹子頭和大猩猩說：「你們再試穿一下那雙沒人認領的**鞋子**吧。」

「那雙不是我的鞋子，為什麼要我試？」豹子頭站起來向福爾摩斯怒吼。

「**試！**」大灰熊衝到豹

子頭面前喝令。看來，這個大灰熊也嗅出了不尋常的味道，要來**主持正義**了。

大猩猩見狀，馬上主動表態：「**平生不作虧心事，半夜敲門也不驚。**我先試給大家看。」

他把腳翹到膝上，提起問題的鞋子一套，看來鬆鬆的，起碼大了兩個號。

「看，證明不是我的。」大猩猩說。

「哼！」豹子頭馬上也穿上一試，他的腳和大猩猩一樣大，當然也是大了兩個號。

大灰熊摸摸下巴，道：「唔……這可是宗**無頭公案**呢。這雙鞋子他們兩個都不合穿，究

竟是誰的呢？」

這時，大猩猩惡狠狠地指着其他四人說：「不是我的，也不是豹子頭的。那麼，就是你們四個人中的一個！」

「**什麼？**」四人不約而同地驚叫。

屋子裏的氣氛剎那間繃緊了，各人的眼神都充滿疑惑和不安。他們心裏似乎都在想：「究竟那雙鞋是誰的？這與殺人又有何關係？」

這時，我們的大偵探打破了沉默：「各位不必猜疑了，我已找到了殺人疑犯。」

「**啊！**」眾人面露詫異的神色。

福爾摩斯大手一指，道：

他指着的不是別人，就是那個**大猩猩**！

「你亂說，為什麼是我？有什麼證據？」大猩猩邊說邊往門口後退，顯得非常慌張。

「證據就在你的**腳掌**上！抓人！」福爾摩斯說着，已一個飛撲衝向大猩猩，但他的反應也快，一手推開擋着門口的華生，並**奪門而出**。

但比他反應更快的是大灰熊，他不知哪來

一塊**肥皂**，只是順勢一扔，

「砰」的一下就擊中

大猩猩的後腦。

「哇！」的一聲慘叫響起，大猩猩栽了個跟頭，就硬生生的摔在地上。眾人驚魂稍定，馬上一哄而上，捉住了他。

福爾摩斯抓起大猩猩的腳，指着他的腳掌說：「大家看，他的腳趾指紋上的皮全皺了，證明他的腳已泡在水中一段頗長時間。他用花灑洗得掉身上的泥污，卻洗不去腳趾上的皺痕！」

「嘿嘿嘿，我雖然不明白你說什麼，但這傢伙剛才想逃走，已證明他作賊心虛！」大灰熊說完，一手叉住大猩猩的脖子喝問，「臭小子！快從實招來，否則，當心我一手就捏死你！」

兇手的自白

大猩猩嚇得**渾身哆嗦**，吞吞吐吐地說出了他犯案的經過……

原來大猩猩是個逃犯，一天前逃離了監獄，在路上打暈了一個路人，搶走對方的**懷錶**及錢財，然後換上了對方的衣服鞋襪逃亡。當今早逃到**水坑**附近的小徑時，見到一輛馬車從後面駛來，他以為是警察追至，於是鑽進樹叢奔下斜坡逃走。怎料一時大意，失足掉進水坑之中，濺了一身**泥污**。

在水坑呆了兩個小時左右，一個路過的人發現了他，並拋下**繩子**把他從坑中救出。但那路人把他拉上來後，卻認出他是越獄的逃犯。他只好把心一橫，用那條救他的繩子把對方**勒死**，並順

手把繩子丟到水坑裏。

　　殺人後，他慌忙登上斜坡，回到小徑繼續逃亡。當經過小屋時，見所有人都在沐浴，於是悄悄地潛入其中一個格子中洗刷一番，並企圖在完事後就**換掉**衣服和鞋襪再逃走。但人算不如天算，快要洗刷完畢時，福爾摩斯和華生就闖進來了。

　　大猩猩說完後，一副垂頭喪氣的樣子，剛才那股吃人的氣焰已不知道跑到哪裏去了。

　　福爾摩斯見大猩猩已招認了一切，就向大灰熊等人說：「其實我不是警察，剛才情急之下欺騙了你們，實在抱歉，希望大家原諒。」

　　「能夠幫手捉到殺人犯，我們還感到很榮幸呢，怎會怪責你。大家說對嗎？」大灰熊豪氣地說，其他人也紛紛表示贊同。

「那麼，我還有一個**請求**，可以代辦嗎？」福爾摩斯問道。

「什麼請求，儘管說。」大灰熊非常爽快。

「我們還有事要上路，你們可以把這個疑犯押去附近的**警察局**嗎？」福爾摩斯問。

「我可以，但不知道其他人怎樣。」大灰熊答。

豹子頭等四人你看我、我看你，似乎有點嫌麻煩。

「據說捉到越獄犯人，都可以獲得懸紅的**獎金**。」福爾摩斯不經意地吐出一句。

「啊！有獎金的嗎？」豹子頭眼前一亮，「哈哈哈！我反正有空，押解犯人是公民的責任，我是**義不容辭**的。」

「是的、是的！」老虎頭等人也紛紛和

應。

　　真是**見錢開眼**，華生好氣又好笑。

　　福爾摩斯交代了死者的**伏屍地點**

後，就與華生離開了。

　　不用說，大灰熊等五人立刻興高采烈

地押着疑犯，到警察局領獎金去了。

　　福爾摩斯和華生又繼續他們的郊遊行程，騎着自行車在小徑上緩緩前行。

　　「你真厲害，這麼輕易就捉到了犯人。不過，我還是有點不明白，你為何知道殺人犯曾經跌進水坑裏呢？」華生問。

　　「這還不很清楚嗎？坑壁上的**鞋印**，和坑邊上被繩子磨擦而造成的**凹痕**，已證明有人曾經被人用繩子從坑底救上來。而這個獲救的人一定不是死者，因為死者的褲管和鞋襪都沒有被水浸過的痕跡。」福爾摩斯說。

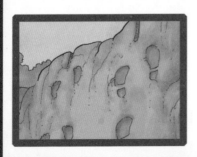

「啊！我明白了。」華生恍然大悟，「所以你就推論出，從坑底被死者拉上來的是兇手！」

「沒錯，地上那些濕水鞋印也能證明這一點，因為是兇手留下來的。」

「但你又怎樣知道他在水坑裏呆了約兩個小時呢？」華生問。

福爾摩斯騎在車上向華生回頭一笑，說出他在心裏早已算好的時間表。

8時15分：兇手墮下坑中時，身上的懷錶也掉到水坑中，掉下的衝擊力把懷錶弄壞了，時針和分針停在 8 時 15 分上，顯示了兇手墮下水坑的時間。

10時30分：福爾摩斯和華生在坑邊發現死者的時間。當時死者的身體尚有餘溫，顯示他在幾分鐘前遇害，就是説，他被勒死的時間約於 10 時 20 分前後。

10時20分－**8時15分**＝**2小時5分**，即是兇手被困水坑的時間。

　　「原來如此。不過，兇手呆在水坑的時間那麼重要嗎？」華生仍有疑問。

　　「當然重要，這還是破案的**關鍵**呢。」福爾摩斯解釋，「水坑中水深及膝，換句話說，兇手的腳浸在水坑中足有兩個小時，他腳趾的指紋部分必定**起皺**。」

　　「啊！剛才你看到大猩猩腳趾起皺，所以斷定他是疑犯！」華生終於明白箇中奧妙了。

　　「正是，泡在水中兩個小時，腳的其他部位是不會起皺的，只有**腳掌**才會起皺，而指紋部位的起皺會最明顯，一眼就能分辨出來。」

　　「啊，我明白了，你明知試穿鞋子並不能確定誰是兇手，但也要豹子頭

和大猩猩試穿，還要他們前後試穿了兩次，就是要他們翹起腳時，看清楚他們的腳掌有沒有起皺！」華生說。

「你終於猜中了。說穿了，道理就是那麼簡單啊。」福爾摩斯笑道。

「對了，我還有一個問題。你那塊灰黑色的**玻璃板**為何這麼神奇，在水面反光的

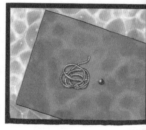

情況下，也可以看到水底有什麼東西？」

「這個嘛，是美國一位科學家朋友的新發明，叫做**偏光板**，它可以阻擋水面反射而來的光線，讓我只能看到水底反射過來的光線，這麼一來，我就能很清楚地看到水底的情況了。」

　　「福爾摩斯，你實在了不起，我沒話可說了。」華生佩服地說。

　　「好了，我們繼續比賽吧。這次可不讓你了，一……二……三！出發！」一聲令下，福爾摩斯已一枝箭似的飛馳而去。

　　「等一等呀！你怎可以使詐，我還未準備好啊！」華生大叫。不一刻，福爾摩斯已隱沒在風光明媚的小徑盡頭，只餘奮力追趕的華生在氣喘吁吁地踏着。

　　原來小徑盡頭是個向左轉的急彎，華生為了追上老搭檔，並沒有減速，他抓緊自行車的手把，稍微把上身向左傾，然後「呀」的一聲衝進彎角，很輕易就轉進了直路，並順着餘勢，直往前飆。

　　哈哈！終於掌握到拐進急彎的技術了，華

生心中暗喜。可是，他抬頭定一定神往前看時，卻不見福爾摩斯的*蹤影*。

「唔？他人在哪裏？」華生覺得奇怪，卻突然想起剛才轉入急彎的一剎那，路旁好像有個人影。他停下車來回頭一看，果然，福爾摩斯站在**彎角**的一邊，向着他揮手。原來，華生開得太快、太興奮，並沒有察覺福爾摩斯在彎角後面等他。

「你怎麼停下來了？難道認為我太慢，一定追不上？」華生騎車**折返**問道。

「你追不上就肯定沒錯的了，但我停下來不是為了這個原因。」

「哼，那為了什麼？」

「案子還沒查完，我根本就沒有想過離開。」福爾摩斯說得理所當然似的。

放虎歸山

「什麼？不是已抓了兇手嗎？還有什麼可查？」華生問。

福爾摩斯狡黠地一笑說：「我懷疑那幾個人之中，有一個是接應大猩猩逃獄的同黨。」

華生簡直不敢相信自己的耳朵，他問：「你為何有這種懷疑？」

「因為當中有一個人從淋浴的格子中出來時，身上並沒有洗過澡的氣味。」福爾摩斯說。

「什麼？洗澡的氣味？」華生並不明白。

「嚴格來說，是肥皂的氣味，一個洗澡的人，沒理由不用肥皂，肥皂的氣味就是洗澡的

氣味了。不過，最初我也走了眼，沒注意到這點。」

「那麼，你是什麼時候注意到的？」華生問。

「大灰熊擲出那塊**肥皂**，衝前叉住大猩猩的脖子時，我馬上注意到了。」福爾摩斯說。

「為什麼？」

「因為他就站在我身旁，我一聞就聞出來了。」

「**啊……難道大灰熊就是同夥？**」華生問。

「我就是懷疑他。」

華生想了想，問：「可是，如果他是同夥，為何要阻止大猩猩逃走呢？這可不合情理啊。而且，那大猩猩怕得要死的樣子，也不像

裝出來呀。」

「嘿嘿嘿，問得好，這也是我想解答的問題。」

「對了，如果你有懷疑，為什麼又故意放走他們呢？」華生問道，但馬上又恍然大悟地說，「我明白了，你**放虎歸山**，是為了**引蛇出洞**。」

「沒錯，我故意與你比賽，其實是想儘快騎車**假裝**離開，那麼大灰熊就會以為我們真的走了。如果他真的是大猩猩的同夥，稍後必有所行動。」福爾摩斯說。

「那麼，下一步該怎辦？」

福爾摩斯翻身上車，說：「當然是悄悄地跟在他們後面，看看大灰熊有什麼行動啦。」說完，他把自行車**掉頭**，往原路騎去。

華生連忙跟上。

很快，他們騎車駛過了淋浴小屋，不一刻，又來到發現屍體的**大坑**附近。就在這時，大坑那邊傳來一陣喝罵聲：「你們全部給我跳進坑中，否則我的刀可不會客氣啊！」

果然如福爾摩斯所料，大灰熊有所行動了。

「你想獨吞懸紅的**獎金**嗎？我們會向警方投訴的！」那是豹子頭的聲音。

「對！對！獨吞獎金太沒道義了。警方也不會容許你這樣！」其他幾個人也出聲抗議。

「哼！你們這班傻瓜。你以為我會為了那一點獎金用刀用槍嗎？快跳下水坑中，否則別怪我不客氣！」大灰熊喝道。

福爾摩斯和華生**躡手躡腳**地撥開樹葉，居高臨下地看着大灰熊在斜坡下持刀威嚇眾人

的情景，只見被全身捆綁的大猩猩坐在地上，

豹子頭等四個人已退到大坑的前面，不敢妄動。

　　「快跳！不然我就動手了！」大灰熊大喝一

聲，在豹子頭等人面前揮刀亂舞。

眾人嚇得紛紛轉身跳下坑中。華生連忙拔出**手槍**，準備衝下去。但福爾摩斯伸手制止，並輕聲說：「不必急於出手，先靜觀其變。」

這時，倒在地上的大猩猩說話了：「這位大哥，放過我吧，不要把我交給警察。我可以給你錢，懸紅的獎金有多少，我就付**雙倍**。」

福爾摩斯和華生聞言都頗為**詫異**，他們不是一夥的嗎？大猩猩怎會這樣說，難道他們是不認識的？

「**我呸！**」大灰熊使勁地往地上吐了一口口水，「你以為我會稀罕獎金嗎？我要的是你的命！傻瓜！」

「為什麼？你為什麼要我的命？」大猩猩全身被綁無法站起來，只好拼命地移動屁股往後退。

「你到地府去問**閻羅王**吧！」說着，大灰

熊撲前，一刀就往大猩猩胸口插去！

「」的一下氣流掠過，「哎呀」一聲響起，大灰熊手上的刀應聲飛脫，原來，福爾摩斯在千鈞一髮之際擲出一塊**石頭**，正好打中大灰熊的手，把他的刀打脫了。

「**不許妄動！當心手槍沒眼！**」福爾摩斯喝着，已和持槍的華生衝到大灰熊跟前。

大灰熊狠狠地盯着福爾摩斯兩人，但在華生手槍的指嚇下，已不敢反抗。不過，那個軟攤在地上的大猩猩，已給嚇得**褲襠**也濕了。

峰迴路轉

福爾摩斯叫華生召來警察，救出被困於水
坑中的豹子頭等人，並把
大灰熊和大猩猩拘捕
了。到了警局後，
福爾摩斯急不及

待地向大灰熊進行盤問。

　　「你為什麼要殺大猩猩？」

　　「那傢伙是我的**殺弟仇人**。」大灰熊的聲音充滿仇恨。

　　「殺弟仇人？」這個回答對我們的大偵探來說，實在太意外了。

　　「對，他在一宗劫案中殺了我弟弟，也因此

而入獄。當我知道他逃獄後，心想這是**復仇**的好機會，就馬上趕來追截，沒想到這麼巧，竟被我在遠處看到他走進了那間小屋！」

「原來如此。」華生恍然大悟，那麼，大猩猩不認識大灰熊也就不奇怪了。

大灰熊目露兇光地繼續說：「我悄悄接近，打算在**小屋**中把他幹掉。可是，當我潛進小屋時，那傢伙卻不見了，只聽到各個格子傳來的**水聲**。我逐一查看，發覺在六個格子中，只有一個是空的，其餘五個都有人在淋浴。可是，我並不知道那傢伙在哪一個格子裏。」

「於是，你就躲進那個空的格子中靜觀其變，打算待大猩猩出來後才**伺機**下手，誰料這個時候，我們就闖進來了。對嗎？」福爾摩斯問道。

大灰熊點點頭道：「沒錯，我聽到你們自稱是蘇格蘭場警察時，還嚇了一跳呢。」

「但你躲進那個空着的格子時，為何要脫掉**衣服**呢？穿着衣服躲在格子中，行事起來不是更方便嗎？」福爾摩斯問。

「**嘿嘿嘿**，福爾摩斯先生，你問這個問題實在太不專業了，你自己猜吧。」大灰熊冷笑一聲，不肯回答。

其實，我們的大偵探早已推測到原因了，只是想對方親口說出來，求證一下而已。

福爾摩斯判斷，大灰熊行事冷靜，似乎經過**專業訓練**。專業的**殺手**在行刺時，都會像

變色龍那樣融入身處的 **環境** 之中，儘量做到不顯眼、不張揚。大灰熊走進淋浴室，就得變身成為淋浴的人，這樣就不會引起別人的懷疑，下手時就容易得多了。

此外，大灰熊的武器是 **短刀**，用短刀殺人，很容易被血 **濺** 到自己身上，脫了衣服才下手，就算給血濺到了，用水一沖就可洗去，這可

免卻衣服染血的麻煩。所以，脫衣行兇，是 **一箭雙雕** 的完美方法。

不過，大灰熊卻在一個細節上出了問題。他一心以為脫了衣服和淋濕身體後，已做足了

偽裝工夫，並沒有用肥皂清潔，結果露出馬腳。

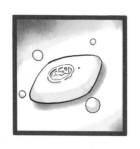

　　福爾摩斯把自己的分析一一道出，大灰熊初時仍面露**不屑一顧**的表情，但越聽就越驚訝，他絕想不到自己的行事過程，竟全被這個冒牌蘇格蘭場警探猜中了！

　　「了不起，你的推理大部分都對，只是一點錯了。」大灰熊佩服地道，「我是個**退伍軍人**，並不是什麼**職業殺手**。」

　　「啊！」這回輪到華生驚訝了，他心中暗忖，

「怪不得大灰熊的身手如此敏捷、膽子又如此大了。」曾是軍醫的他，知道**軍人**就有這種本領，因為他們才是真正的「職業殺手」！

一切謎團已解開了，福爾摩斯和華生離開了警局。華生對這個案子的**峰迴路轉**感到非常興奮，對福爾摩斯的觀察入微又一次佩服得五體投地，不過他仍有想不通的地方——那塊灰黑色的**偏光板**究竟是什麼東西？腳趾又為什麼會**皺皮**呢？

那塊灰黑色的偏光板究竟是什麼東西？

科學小知識

● 偏光板

一種灰黑色的透明薄板（由玻璃或其他材料製成），上面佈滿肉眼看不見的狹縫，而狹縫都是向着同一方向排列。由於光線前進時成波浪形，偏光板的狹縫只能讓與狹縫同一方向的光波通過，不同方向的光波會被遮隔在外。所以，人們通過偏光板來看東西時，只能看到通過狹縫射過來的光，亦就是——把那些光反射過來的物體。

橫向前進的光波被遮隔了

狹縫縱向排列的偏光板

縱向前進的光波可以通過

福爾摩斯利用偏光板，遮隔了水面反射的光，只讓水底反射上來的光通過，就能清楚地看到水底的東西了。

● 手指浸水久了為什麼會皺皮？

傳統說法認為，手指（有指紋的那邊）在水中浸泡久了，就會吸水太多，故會起皺。不過，這個說法無法解釋為何浸久了的手背不會起皺。

最近，美國科學家的最新解釋認為，手指起皺是為了導流水分，皺皮的凹位有如輪胎上的坑紋（右圖），讓手指與被握的東西有較多的接觸面，以增加手指的摩擦力，這樣的話，握東西時就不易滑手了。不過，這只是一種理論上的解釋，還有待日後進一步的科學驗證，才能證實這個說法。

輪胎的坑紋，可讓水分流走，增加與地面的接觸面。

手指皺皮的凹位，可讓水分流走，增加與被握物的接觸面。

小兔子攀電線桿之術

原著人物 / 柯南‧道爾
（除主角人物相同外，本書收錄的三個短篇全屬原創，並非改編自柯南‧道爾的原著。）

小說&監製 / 厲河　　　　繪畫&構圖編排 / 余遠鍠

封面設計 / 陳沃龍　　　　內文設計 / 麥國龍　　　　編輯 / 蘇慧怡

出版
匯識教育有限公司
香港柴灣祥利街9號祥利工業大廈2樓A室

承印
天虹印刷有限公司
香港九龍新蒲崗大有街26-28號3-4樓

發行
同德書報有限公司
九龍官塘大業街34號楊耀松（第五）工業大廈地下
電話：(852)3551 3388　　傳真：(852)3551 3300

第一次印刷發行　　　　　　　　　　　　　2012年5月
第十三次印刷發行　　　　　　　　　　　　2021年10月
Text：©Lui Hok Cheung　　　　　　　　　　翻印必究
©2012 Rightman Publishing Ltd. All rights reserved.

想看《大偵探福爾摩斯》的
最新消息或發表你的意見，
請登入以下facebook專頁網址。
www.facebook.com/great.holmes

若發現本書缺頁或破損，
請致電25158787與本社聯絡。

ISBN:978-988-77861-5-3
港幣定價 HK$60
台幣定價 NT$300

網上選購方便快捷　　購滿 $100 郵費全免
詳情請登網址 www.rightman.net